# HAROLD *y el*
# LÁPIZ COLOR MORADO

# HAROLD
## *y el*
# LÁPIZ COLOR MORADO

## *por Crockett Johnson*

### *Traducido por Teresa Mlawer*

Harper Arco Iris
*An Imprint of HarperCollinsPublishers*

Copyright 1955 by Crockett Johnson. Copyright renewed 1983 by Ruth Krauss.
Translation by Teresa Mlawer. Translation copyright © 1995 by HarperCollins Publishers.
Printed in the U.S.A. All rights reserved.
Library of Congress Catalog Card Number: 94-78535
ISBN 0-06-025332-0. — ISBN 0-06-443402-8 (pbk.)
5  6  7  8  9  10  ❖  First Spanish Edition, 1995.

Una noche, después de pensarlo mucho,
Harold decidió ir a dar un paseo
a la luz de la luna.

Pero no había luna, y sin ésta,
Harold no podía salir a pasear.

También necesitaba un lugar por donde caminar.

Trazó un sendero recto para no perderse

y salió a caminar, llevando su lápiz color
morado.

Pero el camino era largo y recto
y no conducía a ninguna parte.

Decidió tomar un atajo, a través del campo,
con la luna como única compañera.

Harold estaba convencido de que el atajo
lo llevaría hasta donde él pensaba
que había un bosque.

Como no quería perderse, dibujó un
bosque pequeño, con un solo árbol.

Éste, resultó ser un manzano.

«Las manzanas estarán deliciosas»
pensó Harold, una vez que hayan
madurado.

Y para que cuidara de las manzanas,
dejó un horrendo dragón debajo del árbol.

Era espantoso y feroz.

Era tan temible que hasta Harold se asustó.

Harold retrocedió, tembloroso, mientras
sujetaba el lápiz morado en la mano.

De repente, comprendió lo que ocurría,

pero ya era demasiado tarde, pues estaba
en el mar y el agua le cubría la cabeza.

Salió a flote y en un instante,

subió a bordo de un pequeño bote.

Se echó al mar,

con la luna como única compañera.

Despúes de navegar por un tiempo,
llegó a tierra sin problema.

Desembarcó en una playa, sin saber bien
adónde había llegado.

La arena le recordó las comidas campestres.
Y este pensamiento le hizo sentir hambre.

Así que se preparó para almorzar.

Sólo había pasteles.

Pero había nueve clases diferentes de
pasteles: Los que más le gustaban a Harold.

Cuando terminó de comer, aún sobraba
mucha comida.

Como no le gustaba que se desperdiciaran

los deliciosos pasteles,

Harold invitó a un hambriento alce y a un simpático puerco espín para que se los comieran.

Y se marchó en busca de una colina a la
que pudiera trepar para ver dónde se
encontraba.

Harold sabía que mientras más alto subiera, más lejos podría ver, así que decidió transformar la colina en una montaña.

«Si subía lo suficientemente alto» pensó,
podría ver la ventana de su dormitorio.

Se sentía cansado y con ganas de ir a la cama.

Tenía la esperanza de poder ver la ventana de su dormitorio desde la cima de la montaña.

Pero se empinó demasiado para mirar
y resbaló.

Al no tener ladera el otro lado de la
montaña, Harold cayó al vacío.

Pero, por suerte, no había perdido
ni su ingenio ni su lápiz morado.

Dibujó un globo y se aferró a él.

Después, colocó una cesta debajo del globo,

lo suficientemente grande para viajar en élla

Desde el globo podía apreciar un paisaje
muy hermoso, pero no veía su ventana.
Ni siquiera podía ver una casa.

Así que, decidió hacer una casa con muchas ventanas.

Y aterrizó en el césped, enfrente de la casa.

Pero, ninguna de las ventanas era la suya.

Se quedó pensativo, tratando de recordar
dónde estaba su ventana.

Hizo algunas ventanas más.

Dibujó un enorme edificio lleno de
ventanas.

Y, después, muchos edificios llenos de
ventanas.

Y, por último, una ciudad entera llena de ventanas.

Pero, ninguna de las ventanas era la suya.

No podía recordar dónde estaba su ventana.

Decidió preguntarle a un policía.

El policía le indicó el mismo camino hacia
dónde él se dirigía. Harold le dio las gracias.

Deseaba estar en su dormitorio y en su cama, y continuó su camino, acompañado sólo por la luna.

Entonces, de repente, Harold se acordó.

Recordó dónde estaba su ventana cuando
la luna estaba fuera.

Cuando la luna estaba fuera, su ventana siempre enmarcaba la luna.

Ya más tranquilo, Harold hizo su cama.

Se acostó y se cubrió con la manta.

El lápiz morado cayó al suelo,
y Harold cayó rendido.